Extreme

S0-BYZ-533

Destruction Earth

Destrucción en la Tierra

By Katharine Kenah

School Specialty Publishing

Columbus, Ohio

School Specialty
Publishing

Printed in the United States of America. All rights reserved. Except as permitted under the United States Copyright Act, no part of this publication may be reproduced or distributed in any form or by any means, or stored in a database or retrieval system, without prior written permission from the publisher, unless otherwise indicated.

The publisher would like to thank the NOAA Photo Library, NOAA Central Library, National Oceanic & Atmospheric Administration (NOAA), Debbie Larson, NSW, International Activities; for their permission to reproduce their photograph used on page 14 of this publication.

Send all inquiries to:
School Specialty Publishing
8720 Orion Place
Columbus, OH 43240-2111

ISBN 0-7696-3810-4

Library of Congress Cataloging-in-Publication Data is on file with the publisher.

2 3 4 5 6 7 8 9 10 PHX 10 09 08 07 06 05

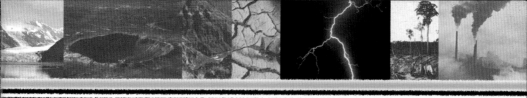

There are many different places on earth.
But one thing is the same.
These places all change.
Sometimes, these changes can be destructive!

Hay muchos lugares diferentes en la Tierra.
Pero una cosa se mantiene.
Estos lugares cambian.
¡A veces, estos cambios pueden ser destructivos!

Volcano

What is happening?
A volcano is blowing its top!
Dirt fills the air.
Rivers of red-hot melted rock
flow downhill.
This rock is called *lava*.

El volcán

¿Qué sucede?
¡Un volcán explota!
El aire se llena de tierra.
Ríos de roca derretida roja y caliente
corren cuesta abajo.
Esta roca se llama *lava*.

Continental Drift

What is happening?
Mountains are being made!
The earth has a shell.
Scientists think the shell has
pieces, called *plates*.
When two plates hit,
mountains can form.

Movimiento continental

¿Qué sucede?
¡Se están creando montañas!
La Tierra tiene una capa exterior.
Los científicos creen que la capa está
hecha de pedazos llamados *placas*.
Cuando dos placas chocan se pueden
formar montañas.

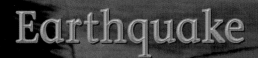

Earthquake

What is happening?
It is an earthquake!
Parts of the earth
push against each other.
This makes the ground move.

El terremoto

¿Qué sucede?
¡Es un terremoto!
Partes de la tierra se empujan
unas contra otras.
Esto hace que el suelo se mueva.

Tsunami

What is happening?
A tsunami is hitting!
There is an earthquake
under the ocean floor.
It shakes the land and the water.
A huge wave races toward the shore.

Tsunami

¿Qué sucede?
¡Nos azota un tsunami!
Hay un terremoto
en el fondo del océano.
Sacude la tierra y el agua.
Una ola inmensa se mueve
velozmente hacia la costa.

Wildfire

What is happening?
A wildfire is roaring!
A wildfire starts in many ways.
Leaves and branches catch on fire.
Flames jump to the trees.
A wildfire spreads quickly.

El fuego arrasador

¿Qué sucede?
¡Un fuego arrasador ruge!
Un fuego arrasador empieza
de muchas maneras.
Las hojas y las ramas prenden fuego.
Las llamas saltan a los árboles.
Un fuego arrasador
se extiende rápidamente.

Landslide

What is happening?
It is a landslide!
Lots of rain makes soil
soft and heavy.
Mud is everywhere.
Rocks, trees, and houses
slide downhill.

El derrumbe

¿Qué sucede?
¡Es un derrumbe!
La lluvia en cantidades
vuelve el suelo blando y pesado.
El barro está por todas partes.
Las rocas, los árboles
y las casas se deslizan
cuesta abajo.

Avalanche

What is happening?
An avalanche is dropping!
Snow is deep on a mountain.
Strong winds blow it.
Skiers cross over it.
Suddenly, the snow breaks loose.
It races down the mountain.

La avalancha

¿Qué sucede?
¡Cae una avalancha!
La nieve tiene mucha profundidad
en la montaña.
Fuertes vientos la golpean.
Los esquiadores pasan por encima.
De repente la nieve se desprende.
Se abalanza montaña abajo.

Glacier

What is happening?
A glacier is moving!
Snow turns to ice.
The ice moves like a river.
It flows slowly downhill.
A glacier cuts away hills and rock.

El glaciar

¿Qué sucede?
¡Un glaciar se mueve!
La nieve se convierte en hielo.
El hielo se mueve como un río.
Fluye lentamente cuesta abajo.
Un glaciar corta las montañas y
las rocas.

Meteor Impact

What happened?
A meteorite hit the earth!
Every day, rocks fall from space.
Most of them burn up
above the earth.
Sometimes, one hits the ground.

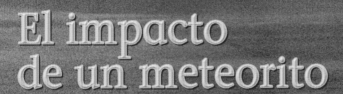

El impacto de un meteorito

¿Qué sucedió?
¡Un meteorito golpeó la Tierra!
Todos los días caen rocas del espacio.
La mayoría se queman
antes de llegar a la Tierra.
A veces, uno choca contra la tierra.

Erosion

What is happening?
Erosion!
A small river flows downhill.
It makes a path across the ground.
Over millions of years,
the little river cuts away
a giant canyon!

La erosión

¿Qué sucede?
¡Erosión!
Un pequeño río corre cuesta abajo.
Crea un cauce en la tierra.
¡Durante millones de años, el
pequeño río corta un gran cañón!

Drought

What is happening?
There is a drought!
Without rain, the ground
turns brown and dry.
There is no water to drink.
A long rain will end a drought.

La sequía

¿Qué sucede?
¡Hay una sequía!
Sin lluvia el suelo
se vuelve marrón y seco.
No hay agua para tomar.
Una lluvia prolongada
terminará la sequía.

Storms

What is happening?
A storm is coming!
A tornado blows a
car into the air.
A hurricane covers
a town with water.
Storms can make life hard
for people and animals.

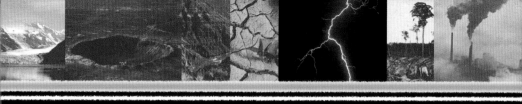

Las tormentas

¿Qué sucede?
¡Llega una tormenta!
Un tornado lanza
un carro al aire.
Un huracán cubre un
pueblo con agua.
Las tormentas pueden
hacer difícil la vida
para las personas y
los animales.

Habitat Destruction

What is happening?
Animals are losing their homes!
Cities are growing bigger.
Trees are cut down.
Fields are filling with houses.
Wild animals have no place to go.

La destrucción del hábitat

¿Qué sucede?
¡Los animales están
perdiendo sus hogares!
Las ciudades están creciendo.
Se cortan los árboles.
Los campos se llenan de casas.
Los animales salvajes no tienen
a dónde ir.

Pollution

What is happening?
People are polluting the earth!
They are destroying places
that should be saved.
We must take good care of the earth
and all its living creatures.

La contaminación

¿Qué sucede?
¡La gente está
contaminando la Tierra!
Están destruyendo lugares
que se deben conservar.
Debemos cuidar la Tierra
y todas las criaturas vivientes.

EXTREME FACTS ABOUT DESTRUCTION EARTH

- 80 percent of the world's earthquakes happen along an area the Pacific Ocean, known as the *Ring of Fire*.

- People cause nine out of ten wildfires.

- An avalanche can move downhill at more than 100 miles per hour!

- The earth's plates move at the same speed that fingernails grow

- There are no storms on the moon. It has no atmosphere to produce wind and rain.

¡HECHOS CURIOSOS ACERCA DE LA DESTRUCCIÓN EN LA TIERRA!

- El ochenta por ciento de los terremotos suceden a lo largo de un área del Océano Pacífico, conocida como el *Anillo de Fuego*.

- Las personas causan nueve de cada diez fuegos arrasadores.

- ¡Una avalancha puede moverse cuesta abajo a más de 100 millas por hora!

- Las placas terrestres se mueven a la misma velocidad con la qu crecen las uñas.

- En la Luna no hay tormentas. No tiene atmósfera que produzca vientos y lluvia.